I0683593

(Conserver la couverture)

A MONSIEUR SCHNEIDER-BOUCHEZ
Président

SOCIÉTÉ NATIONALE
DES
ORPHÉONISTES LILLOIS

BANQUET DE Sainte-CÉCILE
25 Novembre 1877

ORPHÉON-REVUE

POT-POURRI

par Félix GALLE

43,450

LILLE
IMPRIMERIE DE CH. KOCKENPOO
1877

Air : du Pana.

(DESROUSSEAUX.)

A chanter ici l'on m'invite,

Je ne m'y refus' pas, ma foi ;

Je dois vous déclarer bien vite

Qu'il ne faut pas attendr' de moi,

Que je vous pousse la romance

Comme un Cornellier, un Tousart,

Non, je n' peux pas faire concurrence

A Leclercq, Morel et Minssart.

Mais j' vous débit'rai sans façon, ⎫

Quelques couplets sur l'Orphéon. ⎭ (bis.)

II

Air : *Les Lingots d'Or*.

Un jour je flânais dans l' quartier d' l'Orphéon
    Je vis devant notre demeure,
Quelques étrangers qui pleins d'attention
    L'examinaient depuis une heure ;
    Je m' dis : ces gens veul'nt visiter
    Notre local, ma foi ! je vais les guider.

    Messieurs, il n' faut pas vous gêner
    Donnez-vous donc la pein' d'entrer. *(bis.)*

III

Air : *Le Petit Parrain*

(DESROUSSEAUX)

D'abord en entrant se voit la table de la Pelle,
Un drôle de nom, direz-vous, mais ça m'est égal.
Dire pourquoi de cette façon elle s'appelle
Je n' le peux pas, mais en tout cas c'est original

      Dans cett' réunion

      De joyeux lurons,

      J' cite au premier rang

      Le digne et brave président.

      Ce président si rupin,

      C'est Monsieur Pareyn.   } *(bis.)*

IV

Air : *Cadet-Rousselle.*

Voici la tabl' des chagrinés
                (*bis*)
Chez eux l'on n' se chagrin' jamais
                (*bis*)
Chat gris n'est pas chose bien rare,
D'mandez plutôt à Devoogh'laere.

Ah ! ah ! ah ! oui vraiment,
Les chagrinés sont bons enfants. } (*bis*)

V

Air : *Du Pana.*

De tous les group's d'Orphéonistes,
On cit' parmi les plus fervents,
Un' réunion de jeun's artistes,
On ne peut plus intéressants.
Si d'eux tous j'osais me permettre
D' passer un rapide examen
Nul ne pourrait plus méconnaître
La vérité de mon refrain.

Rien au monde n'est plus jovial
Que l' petit cercle musical.

(bis)

VI

Air : *Les Philosophes.*

(Cornellier)

Messieurs, maintenant je vous prie
De faire à gauche un demi-tour,
A la table où je vous convie,
La joie est à l'ordre du jour.

  Vous pouvez rigoler

  Et parler sans contrainte,

  D'être par trop roulés

  N'ayez aucune crainte.

  Car c'est bien là, c'est là,

  La table des phiphi

  La table des lolo

  La table des sosophes,

      Etc.

Des philosophes.

VII

Air : *de P'tit-Price*.

(DESROUSSEAUX)

Ici c'est la Table infernale,

Au passé riche et glorieux,

Puis à l'autre coin de la salle, .

L'Av'nir aux élans généreux.

Enfin d' chaqu' côté de la ch'minée,

Chacun admire avec bonheur,

Deux Sociétés des plus huppées,

Cell's des Chagrins et des Horreurs.

> Et tous nos artistes
> Sont avec ardeur,
> Tous Orphéonistes,   (*Bis*).
> Jusqu'au fond du cœur.

VIII

Air: *Rien n'est sacré pour un sapeur.*

Je croyais la r'vue terminée,

Quand je vis un d'mes étrangers,

Tenir sa têt' toujours tournée,

Sur l'portrait d'monsieur Boulanger. (*Bis*).

Quelle est, dit-il, cette figure?

Je lui réponds; c'est le Patron !

Oui, je dis vrai, je vous le jure, } (*Bis*).

J'vais vous donner l'explication. }

IX

Air : *du Pana*.

L'Patron est un Orphéoniste,
Notre chef au nom si fameux,
D'êtr' conduits par un tel artiste,
Nous sommes tous fiers et glorieux!
Nous somm's esclav's de sa baguette,
Il nous conduit à coups d'bâton,
Et pourtant nous courbons la tête,
Tell'ment nous aimons notr' Patron.

Répétons tous à l'unisson
Viv'le Patron, viv'le patron. } *(Bis)*.

X

Air : *Rien n'est sacré pour un sapeur.*

Auprès du Patron l'on admire,
Le portrait de notr' Président,
C'est bien lui, c'est bien son sourire,
Son air aimable et bienveillant, (*Bis*).
Mais la sévérité s'éveille,
Chez lui dans bien des occasions.

Pour l'éprouver je vous conseille,
De manquer aux répétitions. } (*Bis*).

XI

Air : *La retraite en musique.*

(DESROUSSEAUX)

Puisque nous en somm's aux portraits,
Que chacun examine,
Celui d'Desrousseaux, dont les traits,
Pleins de charme et d'attraits,
Rappell'nt à tous,
Sages et fous,
Que sa retrait' chagrine,
Combien l'on était fier, heureux
D'entendr' ses chants joyeux.
Même aujourd'hui sa muse.
En tous lieux, noue amuse,
Et toujours l'on bat des mains
Au son de ses joyeux refrains.

Que chacun de nous acclame,
De toute âme,
La coqu'luch' des Lillos,   *(Bis).*
Desrousseaux.

XII

Air : *De Jeannette et Girotte*

Ah ! combien j'éprouve de peine,

A ne pas voir Monsieur Lequenne,

Figurer dans ce Panthéon,

Des gloires de notre Orphéon !

Vraiment, Messieurs, chacun l'atteste,

Monsieur Lequenne est trop modeste.

Cher Vic'-Président, s'il vous plaît, $\left.\right\}$ *(Bis)*.

Gratifiez-nous d'un p'tit portrait.

XIII

Air : *De Titine.*

Un' société comme la nôtre
N'est pas facile à mener,
Heureus'ment y a d' bons apôtres
Qui s' charg'nt de l'administrer :
L'un s'occup' des fêt's, des danses,
L'aut' des jeux, et cœtera.

Mais que d'viendraient nos finances,
Si M'sieur L'grand n'était pas là. } *(Bis)*.

XIV

Air : *L'Histoire d'un Nez.*

(VIALON)

Parlons un peu d' la symphonie
Et d' son éminent directeur,
A peine s'est-ell' réunie,
Qu'elle s'est gagné tous les cœurs !
Tous les artistes symphoniques
Sont parmi nous les bien venus,
Dans la famille orphéonique
Ils ne peuv'nt qu'être bien reçus. (*Bis*).

XV

Air : *Jeannette et Girolte*.

Messieurs, vous permettrez sans doute,
Que je m'écarte de ma route,
Je veux saluer en passant
Le directeur intelligent
A qui la scèn' municipale
Doit sa vogue phénoménale :

Monsieur Marck, je l' dis de tout cœur,
Ici n'a qu' des admirateurs.

XVI

Air : *Du Pana.*

Mes bons amis, je vous r'mercie
D' m'avoir prêté tant d'attention,
Merci pour tout' la sympathie
Qu' vous témoignez à ma chanson.
Pas d' désertion, pas d' défaillance,
Jusqu'au bout soyons tous d'accord,
Et pour terminer la séance
Chantons, chantons tous au plus fort :

Répétons tous à l'unisson,
Viv' l'Orphéon ! viv' l'Orphéon !   } *(Bis)*.

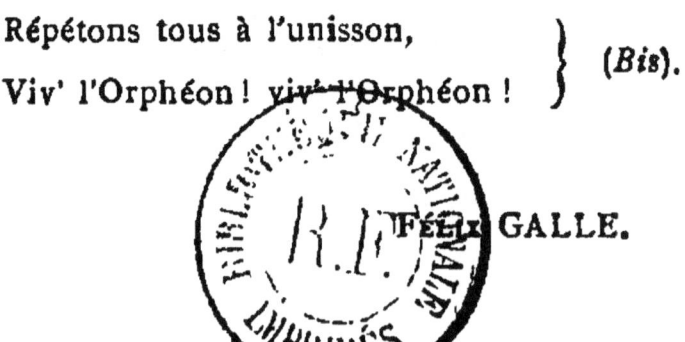

BIBLIOTHÈQUE NATIONALE R.F. IMPRIMÉS

FÉLIX GALLE.

www.ingramcontent.com/pod-product-compliance
Lightning Source LLC
Chambersburg PA
CBHW061418170626
46811CB00005B/2029